Mon premier week-end sans parents

Du même auteur, dans la même série :

Ma première soirée pyjama
Ma première fête surprise

Nathalie Charles
Illustrations de Nadine Van der Straeten

Mon premier week-end sans parents

RAGEOT

Cet ouvrage a été imprimé sur un papier issu de forêts gérées durablement.

ISBN : 978-2-7002-3533-3
ISSN : 1951-5758

Projets secrets

– Inès, Maud, vous n'avez pas vu nos billets d'avion ?

Papa vient de surgir dans le salon où nous sommes installées. J'échange un regard étonné avec Maud, ma grande sœur.

– Non, je réponds.

Papa se gratte la tête.

– C'est quand même extraordinaire de ne pas retrouver ses affaires dans sa propre maison !

Si nous étions dans une situation habituelle, nous laisserions papa chercher seul. Après tout, il nous répète souvent que chacun est responsable de ce qui lui appartient.

Mais nous ne sommes pas dans une situation habituelle. Demain vendredi, les parents partent à Venise. Maman a offert ce week-end en amoureux à papa pour ses quarante ans. En amoureux, ça signifie juste eux deux, sans moi, sans Maud, sans Lucas, mon petit frère. Et nous comptons bien profiter de leur absence !

Alors nous bondissons du canapé pour aider papa à dénicher ses billets d'avion. Si les parents ne partent pas en week-end, Maud peut dire adieu à sa boum secrète. Et moi à mon après-midi spécial copines. J'ai invité Salma, Lou et Jessica à la maison.

Soudain, Lucas fait irruption au salon. Il porte un sweat noir qui représente le torse blanc d'un squelette.

– Papa ? Je les ai trouvés. Ils étaient sous la pile de courrier.

Papa arbore une mine soulagée.

– Merci Lucas ! Tu es génial. Je vais boucler ma valise, conclut-il en s'éclipsant.

Lucas s'approche de nous, avec l'air de quelqu'un qui sait tout. Le pire, c'est qu'il sait presque toujours tout. Comme sa nouvelle idole, Jack Slim, le héros d'une série d'espionnage.

– Les parents atterrissent dimanche à dix-sept heures dix-huit, chuchote-t-il. J'ai d'autres renseignements. Ce matin, ils discutaient dans le bureau. J'en ai profité pour tester le capteur ZX323 que m'ont offert papy et mamie.

– Le truc qui ressemble à un stéthoscope ? Et alors ? s'impatiente Maud.

– Ça marche drôlement bien ! On entend tout. Grâce aux micros incorporés, on peut...

Pff ! Lucas adore les détails. Comme papa.

– Et alors ? je l'interromps.

– Maman disait qu'elle nous trouvait bizarres et qu'on devait mijoter quelque chose. Papa a répondu qu'elle se faisait des idées et qu'elle s'inquiétait toujours pour rien.

Nous échangeons un sourire. Pauvre papa ! Question enfants, il n'est jamais dans le coup.

– Maman a ajouté : « Heureusement que Véro les surveillera discrètement. »

Véronique et son mari, Elliot, sont des amis. Ils habitent à l'étage au-dessus. Leurs fils, Steven et Roméric, sont très sympas. Maud préciserait : « Surtout Roméric. » Normal... Ils ont échangé leur premier baiser d'amoureux le soir de la fête surprise organisée pour les quarante ans de papa.

J'éclate de rire.

– Je m'en doutais ! Heureusement qu'on a pris nos précautions.

– Au fait, tu n'as pas oublié notre marché, Inès ? demande Lucas.

Lucas et Steven se sont arrangés pour éloigner le plus longtemps possible Véronique de l'immeuble. Elle doit conduire Lucas à son club de karaté, faire des courses avec Steven, retourner chercher Lucas, puis emmener les garçons au cinéma. En échange, j'ai promis de prêter ma console de jeux à mon frère pendant une semaine et Maud fera ses corvées à sa place.

– On n'a pas oublié, je rétorque.

Ma sœur se frotte les mains.

– On aura une paix royale ! En plus, Elliot est en province pour son travail et monsieur Lorthios part en week-end.

M. Lorthios est notre voisin du dessous. Il se plaint sans cesse du bruit que nous faisons. Il a même failli appeler la police le soir de l'anniversaire surprise de papa. Mais papa a trouvé le moyen d'enterrer la hache de guerre.

– Pourvu que les parents ne ratent pas leur avion ou qu'il n'y ait pas de grève à l'aéroport ! je m'exclame.

Dernières recommandations

– Ce soir, c'est notre dernier repas ensemble, soupire maman.

La fourchette de Maud s'immobilise à un centimètre de sa bouche.

– À t'entendre, on croirait que vous partez pour six mois, s'exclame-t-elle. Mais vous revenez dimanche ! Votre petit déplacement est d'ailleurs très polluant. Vous avez envoyé votre écotaxe à l'organisme dont je vous ai parlé ?

Depuis quelque temps, ma sœur s'est découvert une passion pour le respect de l'environnement. À la maison, elle traque sans pitié les gaspillages d'eau et d'électricité.

– Oui, nous l'avons fait, rassure-toi, répond papa.

– C'est la première fois que nous vous laissons seuls un week-end, reprend maman. Je m'inquiète un peu.

– Tout se passera très bien, rétorque papa. Nous allons d'ailleurs récapituler.

Si nous étions dans une situation habituelle, Maud pousserait un énorme soupir et Lucas demanderait à sortir de table. Les résumés de papa durent très longtemps.

Mais nous ne sommes pas dans une situation habituelle. Demain matin, un taxi viendra prendre mes parents en bas de l'immeuble. Direction l'aéroport. Et nous aurons l'appartement pour nous pendant quarante-huit heures.

Alors Maud étouffe son soupir, Lucas reste assis à sa place et j'ouvre grand mes oreilles. Enchanté de l'attention exceptionnelle qu'il a réussi à obtenir, papa s'éclaircit la voix.

– Vous serez donc seuls vendredi soir, toute la journée du samedi et une bonne partie du dimanche.

Deux soirées. Deux grasses matinées. Nous tentons de dissimuler notre joie.

– Véronique veillera sur vous, poursuit papa.

Nous échangeons un regard. Veiller? Plutôt SURveiller.

– J'aurais préféré que vous alliez chez des copains, murmure maman.

– On ne va pas recommencer la discussion, s'impatiente Maud.

Ça n'a pas été facile de convaincre les parents de nous laisser à la maison pendant leur absence !

– Inutile, en effet, déclare papa avec humour. Nous avons retenu la leçon.

Et il commence à réciter :

– Vous êtes ici chez vous, nous n'avons pas à vous confier à d'autres personnes comme si vous étiez des animaux familiers. C'est cela, Inès ?

Je hoche la tête. J'ai eu l'idée de cet argument grâce à Vanille et Chocolat, mes deux souris. On les laisse souvent à Véronique quand on s'absente quelques jours.

– Et vous n'avez pas envie de vivre avec une autre famille pendant un week-end entier, poursuit maman en regardant ma sœur fixement. Je ne te comprends pas, Maud. Toi qui adores aller chez ta copine Juliette !

– Ses parents n'éteignent jamais les lumières et ils mangent de la viande tous les jours !

En plus de sa passion pour le respect de l'environnement, ma sœur a décidé de devenir végétarienne. Mais la vérité, c'est qu'elle n'allait pas organiser SA boum chez Juliette !

– Moi, j'irai chez Steven, affirme Lucas. Ce sera plus rigolo que de rester avec deux filles à la maison. On testera mon matériel d'espionnage sur Véronique, ajoute-t-il en nous adressant un clin d'œil.

Espionner notre espionne ? Mon frère est trop fort !

Les parents échangent un long regard. D'après mon dictionnaire de regards entre parents, il signifie : « Quelle bonne idée de partir à Venise ! Personne ne nous surveillera pendant qu'on dégustera de délicieuses pizzas et du tiramisu. »

– J'ai fait des courses, dit maman. Mais Véronique vous invitera à manger.

– N'abusez pas de sa gentillesse, recommande papa. Maud, tu es l'aînée. Je compte sur ton sens des responsabilités.

– Mais oui, répond-elle en levant les yeux au ciel.

– Donc, tout se passera à merveille, conclut papa avec satisfaction.

– Oui, à merveille, j'acquiesce avec un petit sourire.

Parents, le départ

Nous sommes vendredi, le jour J. Papa et maman attendent leur taxi.

– Surtout, appelez-nous au moindre problème, répète papa pour la troisième fois.

– Vous allez me manquer ! murmure maman, soudain émue.

– Deux jours et demi, ça passe vite, je déclare.

– On n'aura même pas le temps de s'apercevoir que vous êtes partis, renchérit ma sœur. Surtout moi. J'ai une tonne de maths à réviser avec Juliette.

Quelle comédienne !

– Le taxi arrive ! annonce Lucas qui surveille la rue avec une paire de jumelles ultra-sophistiquées.

Papa empoigne les valises.

– Allons-y ! Bon week-end, les enfants, soyez sages.

– Profitez-en, répond Maud. Et ne mangez pas trop de pizzas !

Après nous avoir encore embrassés, les parents disparaissent dans l'ascenseur. Nous nous précipitons sur le balcon pour leur adresser un dernier signe de la main. Le taxi démarre et disparaît au coin de la rue. Je ressens un petit pincement au cœur.

– On va être en retard, prévient Maud. Dépêchons-nous !

Si nous étions dans une situation habituelle, je lui répondrais qu'elle n'est pas le chef et qu'elle n'a pas à nous donner des ordres.

Mais nous ne sommes pas dans une situation habituelle. Vite ! L'école commence dans vingt minutes. On aura tout le temps de faire la fête ce soir !

Pendant la récréation, je règle avec mes copines les derniers détails de mon invitation pour le lendemain.

– C'est d'accord ? Vous venez à deux heures ?

Lou et Jessica acquiescent.

– C'est embêtant que tes parents ne soient pas au courant, s'inquiète Salma.

– Mais ils sont au courant, je rétorque. J'ai demandé à maman si je pouvais inviter UNE copine. Elle a dit oui. Je n'ai pas précisé que je souhaitais inviter TROIS FOIS une copine, je poursuis en jubilant. Et on ne fera rien de mal.

– Bien sûr, reconnaît Salma. Steven sera là ?

À ma soirée pyjama, elle l'a beaucoup apprécié. Il lui a appris à jouer à la PlayStation.

– Non. Lucas et lui vont au cinéma avec Véronique.

– Et son grand frère, Roméric ? questionne Lou, les yeux brillants.

– Forcément ! Lui et Maud... Maud et lui... Enfin, vous me comprenez. Elle l'a invité à sa boum.

Salma esquisse une grimace.

– Une boum et aucun adulte chez toi ? Ma sœur se posera des questions quand elle viendra me chercher.

Zut ! Je n'avais pas pensé à ça.

– Explique-lui que ma mère te raccompagnera, propose Lou. Elle a l'habitude de téléphoner avant d'arriver et elle m'attend dans la voiture.

Les parents ont tort de croire que nous ne savons pas nous débrouiller sans eux. Nous sommes très douées au contraire pour trouver des solutions aux problèmes.

Lucas et moi rentrons ensemble de l'école.

– C'est bizarre de se dire qu'on sera tout seuls chez nous ce soir, déclare-t-il.

– C'est comme si on était des grandes personnes. Les adultes ont de la chance. Après le travail, ils sont libres de faire ce qu'ils veulent. Regarder la télé, lire des magazines. Ils n'ont pas de devoirs, eux !

– Quand maman revient à la maison, objecte Lucas, elle ne lit pas. Elle demande si on a besoin d'aide pour nos devoirs et elle prépare le repas.

C'est vrai. Je n'ai jamais vu maman s'affaler devant la télé après son travail. Ce week-end à Venise lui fera sûrement du bien !

Nous sommes à peine arrivés à l'appartement que le téléphone sonne. Je me précipite pour décrocher. C'est maman. Je suis super contente d'entendre sa voix. Je discute avec elle puis je lui passe Lucas. Après une longue série de gros bisous et de « Soyez sages », nous raccrochons.

– Elle voulait vérifier qu'on n'avait pas traîné en route, dit Lucas en riant. C'est de l'espionnage de base.

– Maintenant, on est sûrs qu'ils sont en Italie, je rétorque. À nous la belle vie !

La porte de l'appartement claque. C'est Maud qui rentre du collège.

– Maman vient d'appeler, l'informe Lucas. Il paraît que l'hôtel est joli et qu'il fait beau. Elle t'embrasse. Je vais goûter, ajoute-t-il en filant à la cuisine.

Mon frère ressort cinq minutes plus tard, portant un plateau encombré de paquets de gâteaux et de friandises.

– Lucas, c'est trop ! s'écrie Maud. Maman ne serait pas d'accord.

– Oui, mais elle n'est pas là, proteste-t-il. Qui va savourer des glaces et des pizzas pendant le week-end ? Sans compter le tiramisu ! Papa n'a pas arrêté de nous en parler. Alors, j'ai bien le droit de m'offrir un bon goûter devant la télé, conclut-il en s'emparant de la télécommande.

Il s'installe dans le canapé et engloutit un biscuit au chocolat.

Maud hausse les épaules.

– Si tu es malade, tant pis pour toi ! Mais tu n'as pas intérêt à m'adresser une seule remarque.

– Ni à moi, j'ajoute.

– Compris ! Chacun fait ce qu'il veut, résume mon frère.

Je ne sais pas si les parents seraient d'accord avec cette règle. Mais elle me plaît beaucoup.

Épouvante au salon

Comme prévu, Véronique nous a invités à dîner chez elle. Une soirée raclette, ça ne se refuse pas ! On s'est bien amusés, surtout quand Maud s'est lamentée sur le gros contrôle de maths qu'elle devait réviser avec Juliette le lendemain. Elle devrait faire du théâtre !

Vers neuf heures et demie, nous retournons chez nous avec la recommandation de ne pas nous coucher trop tard.

Lucas a insisté pour dormir à la maison, car il sait que je veux regarder *La maison sanglante*, un film d'horreur que les parents n'ont jamais voulu que je voie.

– Maud, ça te dit? je demande en sortant le DVD des étagères.

– Non merci, répond-elle. Pour une fois que je peux surfer sur Internet autant que je veux, je ne vais pas me gêner. En plus, ce film est franchement horrible et le scénario est archinul. Je vous le déconseille.

– Je croyais qu'on faisait ce qu'on voulait? je rétorque, une pointe d'ironie dans la voix.

Ma sœur hausse les épaules.

– Je vous aurai prévenus. Ne comptez pas sur moi pour vous rassurer si vous avez peur.

– On n'est pas des bébés, je proteste.

Et pour le lui prouver, je file me mettre en pyjama et me brosser les dents. Lucas m'imite.

Maud s'enferme dans le bureau après nous avoir lancé :

– Ne laissez pas les appareils en veille quand vous irez vous coucher. Ça gaspille de l'énergie.

C'est la première fois que je regarde un film d'horreur. Le début ressemble à celui d'un film normal. C'est l'histoire d'une famille qui habite dans une grande maison, à la campagne.

Si c'est ça, les films d'horreur, il n'y a pas de quoi nous les interdire !

Ensuite, on voit trois types dans une prison. L'un d'eux a des tatouages sur les bras, l'autre porte une queue de cheval, le troisième est balafré.

– C'est qui, eux? demande Lucas.

– Aucune idée. Écoute, le directeur de la prison parle d'eux avec le médecin.

Je monte le son. D'après la discussion, on comprend que ces types sont de dangereux criminels et que ça ne tourne pas rond dans leur tête. Bon, d'accord, ce n'est pas rassurant.

Les images suivantes montrent la famille. Les parents partent en voyage quelques jours. Les trois enfants restent seuls.

– Comme nous, dit Lucas d'une petite voix.

Pendant leur absence, une violente tempête éclate. Elle provoque une gigantesque panne d'électricité. Les trois fous en profitent pour s'évader. Cette fois, j'ai vraiment peur. Lucas se blottit contre moi.

Les criminels en cavale, qui ont volé une voiture, s'arrêtent devant la maison des enfants. J'ai du mal à respirer.

– Lucas, tu veux qu'on regarde autre chose?

– Non, pourquoi ? murmure-t-il, le visage décomposé, les yeux arrondis par la peur.

Les fous descendent de la voiture sous une pluie battante et secouent la poignée de la porte d'entrée. Le visage inquiet de Jenny, la grande sœur, apparaît à une fenêtre du premier étage. À ce moment, un éclair zèbre le ciel. Le balafré lève la tête, un horrible sourire aux lèvres. Il fonce vers l'abri de jardin et en ressort, un marteau à la main.

La terreur me paralyse. Je voudrais éteindre la télé mais je n'en ai pas la force. Bouche bée, les yeux rivés à l'écran, Lucas ne bouge plus.

Ce qu'il y a de terrible avec les films d'horreur, c'est que si on ferme les yeux, la musique angoissante vous oblige à les ouvrir.

Quand Stan, le plus jeune des enfants, qui s'est caché sous son lit, voit la poignée de la porte de sa chambre tourner, je bondis sur la télécommande et je coupe la télé.

– Maud a raison. Il est vraiment nul ce film, je décrète, les mains moites et les genoux chamallow.

Pas question de passer pour une trouillarde devant Lucas.

– Archinul, renchérit mon frère, la voix tremblante. On va se coucher?

Le couloir est plongé dans l'obscurité. Encore une initiative de Maud, cette maniaque des économies d'énergie. Je frissonne en pensant aux trois types du film.

– Inès ? chuchote Lucas.

– Quoi ?

– Tu ne vas pas avoir peur, toute seule dans ta chambre ?

– Bien sûr que non, je mens.

– Je dors avec toi si tu veux.

Je réfléchis deux secondes. Lucas est mort de trouille. Comme moi.

– D'accord !

Nous nous installons dans mon lit, tête-bêche. Lucas serre contre lui un lapin en peluche.

– Il me servira d'oreiller, prétexte-t-il innocemment.

J'étends le bras pour éteindre la lumière et je le ramène très vite sous la couette.

– Inès ? Tu te souviens quand ils réussissent à entrer dans la maison et que Jenny…

– Tais-toi !

Pour échapper à ce souvenir effrayant, je me concentre sur l'image rassurante de Vanille et de Chocolat, mes deux souris d'amour.

– Inès ? J'ai entendu un drôle de bruit, chuchote Lucas.

J'écarquille les yeux, l'oreille aux aguets.

Un craquement traverse le silence. Puis un deuxième.

– Tu entends ? Qu'est-ce que c'est ? gémit Lucas.

– On dirait une lame de parquet qui grince, je réponds.

Une phrase de papa me revient en mémoire : « La nuit, le bois travaille. » Papa ! Mon petit papa ! Je voudrais tant qu'il soit avec nous !

Le bruit reprend, très net. Pas de doute. **Quelqu'un marche dans le couloir.**

– C'est peut-être des voleurs ? Ou des fous, comme dans le film ? pleurniche Lucas. Ou des voleurs fous ?

J'essaie de le raisonner.

– Mais non ! On est chez nous, dans la vraie vie. Maud a fermé la porte de l'appartement à clé.

– Dans le film, **ils** ont réussi à forcer la serrure, s'entête-t-il. Si des voleurs sont entrés, comment Maud le saura ? Elle a toujours ses écouteurs dans les oreilles.

Une image horrible se forme dans mon esprit. Ma sœur, de dos, tape sur le clavier de l'ordinateur, le volume de son MP3 à fond. Une main s'approche d'elle, brandissant un marteau. Elle ne voit rien, elle n'entend rien.

Je me jette sur l'interrupteur de ma lampe de chevet. La lumière jaillit. Lucas agrippe mon bras et tend l'index en direction de la porte.

– Regarde !

La poignée tourne lentement, comme dans le film. Mon cœur s'arrête de battre. Nous hurlons :

– Au secours !

La porte s'ouvre.

– Ça va pas ? Vous êtes complètement fous de crier comme ça ! Vous m'avez filé une de ces trouilles !

Maud, en pyjama rose et argent, nous dévisage, à la fois stupéfaite et furieuse.

– Pourquoi tu es entrée ? je contre-attaque.

– La chambre de Lucas était vide. J'ai voulu vérifier qu'il dormait chez toi. Je suis entrée doucement pour ne pas vous réveiller.

Je me sens idiote. Lucas baisse la tête. Ma sœur nous toise et nous adresse un sourire ironique.

– Le film vous a fait peur, c'est ça ?

Je préfère ne pas répondre. Je déteste quand elle triomphe.

– Je vous avais prévenus, reprend-elle.

– Maud, pourquoi t'es allée voir dans ma chambre avant de te coucher ? questionne Lucas, intrigué.

Elle hausse les épaules.

– Pour te faire un bisou.

– T'es trop gentille ! s'exclame-t-il en lui sautant au cou.

Mon frère n'a aucune dignité. C'est écœurant.

– En attendant, rétorque-t-elle d'une voix bourrue, vous n'avez éteint ni la télé ni le lecteur de DVD. Avec des irresponsables comme vous, on n'est pas près de sauver la planète. Bonne nuit quand même ! Et pensez à éteindre la lampe.

Que la fête commence !

Ce samedi matin commence trop bien. C'est génial de traîner en pyjama toute la matinée sans entendre « Inès, fais tes devoirs, Inès, range ta chambre ».

Vers midi, on monte chez Véro, qui a préparé des pizzas maison. Je suis sûre qu'elles sont aussi bonnes que celles que les parents dégustent à Venise.

Enfin, il est une heure et demie ! Véronique enfile son manteau, Steven son blouson.

Lucas saisit son sac de sport et nous adresse un petit signe de la main.

– À plus !

Véronique prend ses clés de voiture.

– À ce soir, les filles. Nous serons de retour vers six heures. Roméric, je compte sur toi pour ranger la cuisine et mettre le lave-vaisselle en route.

– Oui, maman !

Dès qu'ils ont disparu dans l'ascenseur, Maud et moi regagnons l'appartement. Ma sœur s'enferme dans sa chambre pour se changer et se maquiller, moi, je finis de préparer le jeu qui sera l'attraction de l'après-midi. Mais chut ! C'est top secret !

Quand on sonne à l'interphone, je me précipite pour répondre.

– C'est nous ! crient trois voix joyeuses.

Je me poste devant l'ascenseur pour accueillir mes copines.

– Vous êtes arrivées en même temps ? je demande dès qu'elles en sortent.

– Non. On s'était donné rendez-vous dans le hall, explique Lou. On a dit à nos mères que ce n'était pas la peine qu'elles montent. Comme ça, elles ne savent pas que tes parents sont absents. Tiens, j'ai apporté des bonbons.

– Moi, j'ai des sablés au chocolat, dit Jessica.

– Et moi, des sucettes, ajoute Salma.

La sonnerie de l'interphone retentit à nouveau. Maud traverse le couloir comme une fusée.

– Waouh ! Elle a un super look, ta sœur, s'extasie Lou.

Maud a déniché dans le placard de maman une tunique argentée qu'elle porte sur des leggings noires. La tenue idéale pour réviser un contrôle de maths...

J'entraîne mes copines dans la salle de bains.

– Venez ! J'ai préparé un super jeu.

Je désigne un seau posé sur un tabouret avec un bout de toile cirée dessus, dans lequel j'ai pratiqué une large ouverture.

– Qu'est-ce que c'est que ça ? questionne Lou.

– Une marmidouille.

– Une marmidouille ?

Mes copines me dévisagent avec curiosité.

– Pourquoi tu as recouvert le seau ? Il y a quoi dedans ? s'inquiète Salma.

– Une potion dans laquelle on doit plonger la main pour retrouver un objet, j'explique d'un ton mystérieux.

– Tu rigoles ! proteste Jessica.

– Pas du tout !

Des cris en provenance du salon m'interrompent. Des coups sourds résonnent.

– C’est quoi, ce bruit ? demande Salma.
– La boum de ma sœur.
– On peut aller voir ? supplie Lou.
– D’accord, je soupire.

Postées dans le couloir, nous observons par la porte vitrée ce qui se passe au salon. Des filles se déhanchent au milieu de la pièce, un groupe de garçons discute en les regardant. Roméric, affalé sur le canapé, rigole avec Juliette et Maud.

– J’adore leur musique ! commente Lou en se trémoussant.

Un morceau de tecktonik retentit. Des hurlements fusent. Maud essaie d’entraîner Roméric, mais il refuse d’un signe de tête.

– Elle danse super bien, ta sœur, murmure Lou, fascinée.

Jusqu'à présent, Maud était la reine du hip-hop. Maintenant, elle est la déesse de la tecktonik. Elle glisse les bras derrière sa tête à une vitesse sidérante, tout en bougeant les jambes. Elle a essayé de m'apprendre, sans succès.

– Roméric ne semble pas apprécier, commente Lou.

En effet, il n'accorde pas un regard à la piste de danse improvisée.

– Bon, on l'essaie, ta marmi... comment, déjà ? s'impatiente Jessica.

– Ma marmidouille. D'accord !

Le secret de la marmidouille

Nous voilà de retour dans la salle de bains. J'attrape une bague de Maud qui traîne sur le rebord de la baignoire et je la jette dans le seau. À l'aide d'une spatule, je remue l'ensemble.

– Je touille, je touille, je touille la marmidouille. Alors, qui commence ?

– Moi, moi ! hurle Jessica.

Je lui bande les yeux avec un foulard et je guide sa main.

– Tu as trente secondes pour retrouver la bague. Top ! C'est parti !

Nous comptons à voix haute. Jessica pousse des cris.

– Pouah ! Oh ! C'est quoi, ce truc ?

– Ne t'inquiète pas, les vers de terre ne mordent pas, je déclare.

Elle se tortille dans tous les sens et grimace de dégoût.

– Vingt-huit, vingt-neuf, TRENTE.

Bredouille, Jessica retire sa main. Salma et Lou hurlent en apercevant les filaments verts accrochés à ses doigts. Je souris.

– Ce n'est rien, juste de la peau de lézard. J'espère que tu n'as pas réveillé le bébé pieuvre...

Elles hurlent à nouveau.

– Qu'est-ce que vous faites ?

Nous nous retournons. Juliette, les bras croisés, nous regarde avec curiosité.

Si nous étions dans une situation habituelle, je lui répondrais de se mêler de ses affaires.

Mais nous ne sommes pas dans une situation habituelle. Nous sommes en plein week-end secret, et je suis très fière qu'une copine de Maud s'intéresse à mon jeu.

– Une marmidouille, je réponds. Il faut plonger sa main dans le seau et retrouver une bague.

– Fastoche, lance Juliette avec un sourire narquois.

– Tu veux essayer ? je propose.

Elle hausse les épaules.

– Les jeux de bébés, c'est pas mon truc.

Vexée, je réplique :

– Avoue que tu as peur !

À ce moment, Roméric apparaît.

– Qu'est-ce qui se passe, ici ?

Lou s'empresse de le mettre au courant et conclut :

– Juliette ne veut pas tester la marmidouille d'Inès, elle a la trouille.

– Pas du tout ! proteste cette dernière, piquée au vif.

Elle s'avance vers moi. Je lui masque les yeux.

– Alors, vas-y ! Tu as trente secondes.

Je plonge sa main dans le seau. Juliette frémit, sa bouche se plisse.

– Qu'est-ce qu'il y a là-dedans ?

– Que des trucs cracra, assure Salma.

– Vous êtes folles ! Ah ! qu'est-ce que c'est ? s'exclame-t-elle en bondissant en arrière.

– Sûrement les tentacules gluants de la pieuvre, je glisse, hilare. Ou les morceaux visqueux de crapauds que Lucas collectionne pour ses expériences.

Juliette retire sa main et arrache le bandeau.

– Tu abandonnes ? Je croyais que c'était fastoche ? je lance d'une voix ironique.

– C'est surtout débile, marmonne-t-elle, furieuse.

– Juliette ? Roméric ? Je vous cherche partout !

Ma sœur vient d'arriver. Elle n'a pas l'air content.

– Ils essaient ma marmidouille, je réponds, très fière. Mais Juliette n'a pas réussi.

– À moi ! dit Roméric en s'avançant.

Mon jeu attire un garçon qui va au lycée ? C'est trop la classe !

– Je te bande les yeux ! propose Lou, rose d'excitation.

À son tour, Roméric plonge le bras dans la marmidouille. Dix secondes plus tard, il brandit victorieusement la bague, qu'il présente à Juliette.

– Voilà le trésor !

Juliette lui sourit.

– C'est **ma** bague, rétorque Maud en lui arrachant le bijou des mains. La prochaine fois que tu organises ce jeu idiot, Inès, choisis un objet qui t'appartient.

Elle est vraiment fâchée. Pourtant, cette bague, c'est du toc.

– Vous venez ou vous préférez jouer avec ma petite sœur et ses copines ? lance-t-elle d'un ton glacial à Roméric et à Juliette.

Tous les trois tournent les talons.

– Pas commode, ta sœur, murmure Jessica.

– Normal ! Elle est jalouse que ses copains s'intéressent à nos jeux, je réplique. Bon, qui veut essayer ?

Lou et Salma se bousculent. Jessica demande à passer encore une fois.

– Maintenant, on peut voir ce qu'il y a, dans ta marmidouille ? interroge Lou.

– Oui !

Je vide le contenu du seau dans une passoire. Une masse gluante dégouline, au milieu de laquelle on distingue des poissons en plastique et des fils de scoubidou.

– Il n'y a pas de vers de terre ? s'exclame Salma.

– Non ! Que des nouilles, des feuilles de salade, de la mie de pain et des bouts de papier, j'énumère, ravie de mon effet. C'est un jeu psychologique. On touche sans voir et on s'imagine des choses épouvantables.

– Surtout quand on vous prévient qu'il y a un bébé pieuvre et des morceaux de crapauds dedans, gémit Jessica. J'y ai vraiment cru !

– C'est trop fort ! jubile Lou. Il faudra que j'en prépare une pour mon prochain anniversaire !

Panne et accrochage

Nous décidons de goûter. Nous entassons des friandises sur un plateau et hop ! direction, le bureau de papa.

– Wouah ! Vous avez un super ordinateur ! s'exclame Lou.

– Mon père vient de l'acheter, j'explique. On peut faire des tas de choses amusantes avec. Il y a même une caméra intégrée.

Soudain, une idée géniale me traverse l'esprit.

– Ça vous dit de vous transformer en monstres ? Il y a un logiciel d'effets spéciaux.

– Ça a l'air cool, acquiesce Jessica, intriguée.

Je m'installe dans le fauteuil et j'allume l'ordinateur. Sur l'écran, les dossiers de papa apparaissent.

– Ton père serait d'accord ? s'inquiète Salma.

– Il préfère que j'utilise son ordinateur en sa présence, mais qu'est-ce que ça change qu'il soit là ou non ?

Je déclenche la caméra et aussitôt, nous nous voyons à l'écran.

– Regardez ce qui se passe quand je sélectionne « Étirement » !

Nos visages et nos cous s'allongent. Nos doigts deviennent des filaments. D'un clic, je prends des photos.

– Et maintenant « Tournoiement » ! j'annonce.

Une main invisible géante semble pétrir nos têtes.

– On est trop moches ! hurle Salma.

Nous explorons la liste des effets déformants et, à tour de rôle, nous nous asseyons devant l'écran.

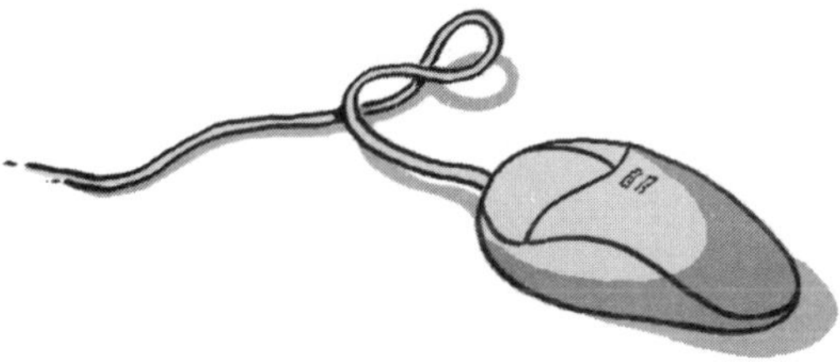

– Il faut que je demande à ma mère d'acheter ce logiciel, s'enthousiasme Lou.

– On va créer un diaporama, je propose. Les photos défileront en boucle.

– Tu te débrouilles super bien en informatique, commente Jessica.

– Question d'habitude. Tu vois, Salma, il n'y avait pas de raison de t'inquiéter au sujet de l'ordinateur.

– Je n'oserais pas toucher aux affaires de mes parents sans leur permission, confie-t-elle. J'aurais trop peur qu'ils me disputent.

– Le problème avec les parents, c'est qu'ils ne nous font pas assez confiance, je réplique. Ils pensent qu'on n'est pas capables de se débrouiller seules.

Je tape sur les touches. Un message en anglais s'affiche.

– Qu'est-ce que ça veut dire ? interroge Salma.

– Aucune idée. Quand ça arrive à mon père, il clique toujours sur OK.

C'est exactement ce que je fais, en poursuivant mon discours sur les parents.

– Maman ne voulait pas que j'invite plus d'une copine en son absence. Je me demande pourquoi. On ne risque pas de boire par erreur de l'eau de Javel ou de mettre le feu en jouant avec les allumettes...

Je m'interromps. Le curseur de la souris est bloqué.

– Qu'est-ce qui se passe ? s'inquiète Salma.

– Rien de grave, je la rassure. Je vais redémarrer l'ordinateur.

J'appuie sur un bouton. Le moniteur s'éteint, puis se rallume en ronronnant.

– Et voilà ! je lance, très fière de moi.

L'écran a une jolie couleur bleue. Une seconde, deux secondes, trois secondes... La jolie couleur s'éternise et les icônes qui représentent les dossiers de papa restent invisibles. Normalement, on devrait les voir !

– Je crois que tu as détraqué l'ordinateur de ton père, murmure enfin Salma en me dévisageant d'un air consterné.

– Appelle ta sœur, conseille Lou. Elle saura peut-être le réparer.

Je me mords les lèvres. Je n'ai aucune envie de mettre Maud au courant. Pourtant entre une dispute de ma sœur et une de papa, il n'y a pas à hésiter.

Je me dirige sans enthousiasme vers le salon, mes copines derrière moi. Par la porte vitrée, j'aperçois Maud et Roméric qui dansent ensemble, tendrement enlacés, au milieu d'autres couples.

– Ce n'est pas le bon moment, je murmure.

Je connais ma sœur. Lui annoncer que l'ordinateur est en panne, c'est dangereux. Mais l'interrompre dans un moment romantique, c'est suicidaire.

– Vas-y ! insiste Lou. On t'accompagne.

Au moment où je pose la main sur la poignée de la porte, la sonnerie du téléphone retentit. Mon cœur s'affole. Et si c'était maman ?

J'entre dans le salon avec autorité, je me précipite sur la chaîne et je l'éteins.

– Non mais ça ne va pas? hurle ma sœur, qui retire rapidement ses bras du cou de Roméric.

Je brandis sous son nez le combiné qui sonne.

Le visage de Maud devient sérieux. Posant l'index contre ses lèvres, elle fait signe aux invités de se taire, prend une grande inspiration et décroche.

– Allô? Ah, c'est toi, Véronique?

Ses sourcils se froncent. Roméric s'approche.

– Quoi? Ce n'est pas grave au moins? s'écrie-t-elle.

Après un long silence, Maud reprend, l'air abattu :

– D'accord. J'y vais. Oui, Roméric est là. Il... nous aide pour les maths. Tu veux lui parler ?

Elle confie le téléphone à Roméric.

– Qu'est-ce qui se passe ? je demande en l'entraînant dans le couloir.

– Une grosse galère, soupire-t-elle. Véro a eu un accrochage en voiture. Elle ne peut pas aller chercher Lucas au karaté ni le conduire au cinéma.

– Zut ! Elle va rentrer plus tôt que prévu, alors ? je gémis.

– Elle espère être là dans une heure, acquiesce ma sœur, la mine sombre. Ma boum est fichue.

Trahison et disparition

Roméric nous rejoint et raccroche le téléphone.

– Maman et Steven n'ont rien, c'est déjà ça.

– Je dois aller chercher Lucas, déclare Maud en jetant un coup d'œil à sa montre. Tu m'accompagnes, Rom ?

L'air gêné, il secoue la tête.

– Ma mère m'a demandé de rester avec les petites.

Je redresse le menton. Les petites, c'est nous ? Il ne s'imagine tout de même pas qu'il va nous surveiller ?

– Maman pense que tu es avec **une** copine, ajoute Roméric en se tournant vers moi. Tu ne lui as pas dit qu'elles étaient **trois** ?

– Euh... Non. Et toi ?

– Bien sûr que non !

– Tu n'es pas obligé d'obéir à ta mère, coupe Maud. Alors, on y va ensemble ?

Roméric marque un temps d'hésitation. Un temps de trop pour ma sœur.

– Très bien, réplique-t-elle d'un ton sec. J'irai seule.

Elle enfile un blouson, prend ses clés et claque la porte. Roméric regagne le salon. Mes copines et moi nous enfermons dans ma chambre.

– Si ta voisine rentre plus tôt, elle va nous voir, s'alarme Salma.

– Vous vous cacherez ici. Elle ne restera pas longtemps, je réponds.

Jessica secoue la tête.
– Roméric aurait pu accompagner ta sœur. Après tout, ils sortent ensemble.
– Il préfère rester avec les copines de Maud, murmure Lou.
– Qu'est-ce que tu insinues? je demande, intriguée.
– J'ai lu un article dans *Oh les filles*. Il paraît que les garçons sont souvent attirés par la meilleure copine de leur petite amie.

J'écarquille les yeux.
– Quoi? Tu penses que Roméric et Juliette...
Lou hoche lentement la tête. La scène de la marmidouille me revient en mémoire.

– Il faut tirer ça au clair, je lance.

Je fonce dans la chambre de Lucas. Au milieu des caisses de jeux et des robots, je finis par dénicher son capteur ZX323, dissimulé dans une boîte vide de chocolat en poudre.

– On va mettre Roméric et Juliette sur écoutes, j'explique.

– Chouette ! De l'espionnage, se réjouit Jessica, les yeux brillants.

Nous nous faufilons jusqu'au salon en veillant à ne pas nous montrer. Je pose le casque sur mes oreilles et j'applique le capteur sur le mur. Heureusement, les copains de Maud ont baissé la musique.

Les lèvres de Lou dessinent un « Alors ? ».

Pour l'instant, je ne distingue rien d'intéressant. Dans le brouhaha, j'entends Roméric parler des groupes qu'il écoute. Et puis…

– Tu ne trouves pas que Maud est énervante avec ses leçons de morale sur l'écologie ?

J'ai reconnu la voix de Juliette. Si nous étions dans une situation habituelle, je répondrais que oui, mille fois oui, ma sœur, dans ces moments-là, est horripilante.

Mais nous ne sommes pas dans une situation habituelle. La meilleure amie de Maud est en train de la critiquer devant son petit copain. Et lui ne prend pas sa défense. C'est nul, archinul.

– Maud est très sûre d'elle, répond enfin Roméric. C'est son côté pénible.

Oh, le traître ! La sonnerie du téléphone, amplifiée par le capteur, me transperce les oreilles. Je me débarrasse du casque.

– Ta voisine rappelle peut-être ? demande Salma.

Je décroche, sous le regard interrogateur de mes copines.

C'est Maud, qui hurle dans son portable, affolée.

– Quoi ? Lucas n'est pas à son club ? je bafouille, abasourdie. Mais non, je t'assure, il n'est pas rentré.

L'angoisse m'étouffe.

– On te rejoint immédiatement, Maud, je lance d'une traite avant de raccrocher. Vite, les filles, je préviens, on doit retrouver mon petit frère.

J'ouvre la porte du salon à la volée. Personne n'a remarqué que le téléphone avait sonné. Juliette et Roméric sont en grande discussion.

Je me plante devant eux et je déclare avec autorité :

– Maud vient d'appeler. Lucas a disparu. On part à sa recherche.

Aussitôt, Roméric bondit du canapé.

– Reste ici ! j'ordonne. Si Lucas rentre avant nous, appelle Maud sur son portable. Et si ta mère arrive, débrouille-toi pour que tout le monde se cache.

Roméric me regarde, ahuri. Il a franchement l'air d'une nouille.

Si nous étions dans une situation habituelle, je serais hyper fière de prendre la conduite des opérations devant des adolescents.

Mais nous ne sommes pas dans une situation habituelle.

Lucas a disparu.

Une course contre la montre

Nous rejoignons Maud au bout de la rue. Son visage est soucieux.

– Je ne vois que deux itinéraires pour rentrer du club, dit-elle. Par la rue Lemoine ou par la rue Valladon, qui longe votre école.

– On prend la rue Valladon, je déclare, et toi la rue Lemoine.

– Si on retrouve Lucas, qu'est-ce qu'on fait ? questionne Jessica.

Maud nous regarde.

– Aucune d'entre vous n'a de portable, je suppose ?

– Si, moi ! s'exclame fièrement Lou.

Ma sœur semble étonnée. Elle ignore que la mère de Lou, qui voyage beaucoup pour son travail, lui en a offert un pour la joindre facilement.

Elles échangent leurs numéros et nous nous séparons.

– Surtout, ouvrez l'œil, je recommande. Mon frère porte un blouson noir et un sac de sport kaki.

Comme dans une enquête, nous scrutons la rue, l'intérieur des boutiques et même les voitures qui passent. On ne sait jamais. Et si on avait kidnappé Lucas ?

Soudain, Jessica s'immobilise et m'attrape par le bras.

– Tu l'as vu ? je m'écrie.

– Non, mais ma mère vient d'entrer dans la boulangerie. Si jamais elle nous aperçoit, c'est la cata.

Zut ! Il ne manquait plus que ça. Où se cacher ? Il n'y a aucune rue sur la droite ou sur la gauche.

– Sous l'abribus ! je m'écrie.

Il est déjà occupé par une vieille dame. Serrées les unes contre les autres, nous nous tordons le cou pour observer la boulangerie.

– Attendons qu'elle sorte, je chuchote.

– Et si elle se dirige vers nous ? gémit Salma, blanche comme un linge.

– On est mortes ! conclut Lou.

La vieille dame nous jette des regards soupçonneux.

– Ça y est, je la vois ! murmure Jessica.

Sa mère quitte la boutique avec un carton à pâtisserie dans les mains. Elle s'éloigne dans la direction opposée à la nôtre. Ouf ! Nous attendons encore cinq minutes avant de reprendre notre route. Pourvu qu'on ne croise personne qui connaisse nos parents !

Nous parvenons à un carrefour. Le club n'est plus très loin. Au moment où nous nous apprêtons à traverser, j'entends une voix crier :

– Inès ! Eh, Inès !

Je me retourne. Devant le marchand de journaux, Lucas m'adresse de grands signes. Nous nous précipitons vers lui. Je le secoue comme un chiffon à poussière.

– Lucas ? J'étais morte d'inquiétude ! Maud aussi !

– Véronique m'a oublié, dit-il en baissant la tête.

– Mais non ! Elle a eu un accrochage en voiture qui l'a retardée. C'est Maud qui devait passer te prendre.

– J'en savais rien, moi ! se défend-il. Steven m'a raconté que sa mère oublie parfois d'aller le chercher au foot. Alors j'ai voulu rentrer tout seul.

– C'est pas malin, rétorque Salma. La preuve, tu t'es perdu !

– Je ne me suis pas perdu ! proteste mon frère, vexé. Je me suis juste trompé de chemin. Quand je me suis arrêté pour réfléchir, une dame s'est approchée et m'a proposé de m'aider. Mais les parents disent qu'on ne doit pas parler aux inconnus. Alors, je suis entré chez le marchand de journaux. Il m'a demandé si je voulais quelque chose, et je n'ai pas su quoi répondre. Et après… je vous ai vues.

Je crois qu'il a eu aussi peur que nous. Je le serre dans mes bras et lui ébouriffe les cheveux.

– Je préviens ta sœur, déclare Lou en sortant son portable.

Maud est drôlement soulagée. Nous nous donnons rendez-vous à la maison et nous rebroussons chemin.

– Pourquoi tu marches si vite ? questionne Lucas.

– Il faut arriver avant Véronique. Elle ne doit rien savoir.

– Alors, tu ne lui diras pas ?

– Non. À condition que tu gardes le silence sur mes deux invitées supplémentaires.

– Promis, juré, liés par le secret, souffle mon frère, les yeux brillants.

Soudain, son visage se fige. Il tend le bras en direction d'une Clio rouge un peu cabossée, arrêtée au feu du boulevard Marceau.

– Regardez ! Véronique et Steven ! s'exclame-t-il.

– Déjà ? je m'écrie.

Nous nous mettons à courir. Par chance, nous n'avons pas à respecter les sens interdits qui vont les retarder.

Hors d'haleine, nous nous engouffrons dans le hall de l'immeuble.

– Les escaliers, c'est plus rapide ! je lance.

Notre ascenseur est très lent. En plus, il tombe souvent en panne. On aurait l'air malin si Véronique nous retrouvait coincés dedans.

Quand nous parvenons à notre étage, je presse avec insistance la sonnette. Maud nous ouvre immédiatement.

– Ouf, tu es là ! je murmure, à bout de souffle.

– Je viens juste d'arriver. Lucas, j'ai deux mots à te dire. Mais qu'est-ce que vous avez ? ajoute-t-elle en remarquant nos visages affolés. On croirait que vous avez vu les parents !

– Presque ! je réponds. Véronique sera là d'une seconde à l'autre.

– Déjà ? Opération camouflage ! crie ma sœur, les mains en porte-voix. Repli général dans ma chambre !

Ses copains disparaissent en se bousculant. Ça me rappelle la soirée d'anniversaire de papa. On s'était cachés pour lui faire une surprise quand il rentrerait du travail.

Sauf qu'aujourd'hui, la surprise risque d'être mauvaise. Surtout pour nous.

Maud pique sa crise

Lorsque la sonnette retentit, je me plante devant la porte en compagnie de Lou, mon invitée officielle. Salma et Jessica, mes deux copines clandestines, sont cachées dans ma chambre.

– Qui est là ?

– C'est moi, Véronique.

– Ah, d'accord !

Véronique entre, accompagnée de Steven. Elle me félicite de ne pas avoir ouvert au premier venu.

Puis elle dit bonjour à Lou.

– Vous vous amusez bien, les filles ?

– Oui, merci !

Mon frère sort de sa chambre, l'air innocent.

– Alors Lucas, cet entraînement de karaté ?

– Super, répond-il comme si de rien n'était. C'est vrai qu'on ne va plus au cinéma ?

– Je suis désolée. Avec cet accident idiot, on a raté la séance.

– On peut y aller ce soir ? suggère Steven.

Véronique réfléchit.

– Pourquoi pas ? On emmènerait Inès. Maud est assez grande pour rester seule.

Je suis d'accord. C'est super, une soirée au cinéma.

Véronique passe la tête par la porte du salon.

– Quelle atmosphère studieuse ! lance-t-elle, admirative.

Maud et Juliette ont sorti leur livre de maths. Installées autour de la table, elles semblent boire les paroles de Roméric, qui griffonne sur une feuille.

– Si la droite D1 est parallèle à la droite D3, D2 est forcément parallèle à D3.

Il relève la tête et feint la surprise.

– Maman ! Alors, cet accident, raconte !

Véronique se lance dans un récit détaillé avant de conclure :

– Heureusement, il y a eu plus de peur que de mal. Bon, je vous laisse travailler. Steven, Lucas ? Vous venez ?

– On peut rester ici pour jouer ? demande mon frère.

– Nous avons besoin de calme pour réviser, réplique ma sœur en secouant la tête. Déjà qu'on est **perdues** !

Elle appuie sur le dernier mot.

– Lou et moi, on veut continuer à jouer entre filles, j'ajoute.

Je lance à mon frère un regard qui signifie : « Débrouille-toi avec Steven et laisse-nous tranquilles, tu nous dois bien ça. »

Lucas se mord les lèvres.

– Viens, Steven. De toute façon, les jeux de filles, c'est pourri.

– Bon courage pour vos révisions, dit Véronique. Maud, Inès ? On dîne ensemble à la maison ce soir.

Je file annoncer à Salma et à Jessica que la voie est libre. De son côté, Maud fait sortir ses invités de leur cachette.

– Dommage pour la boum de ta sœur, commente Lou. Comme ta voisine est rentrée, ils ne pourront plus écouter leur musique à fond.

– Quand est-ce que tu vas lui parler de l'ordinateur ? demande Jessica.

Zut ! J'avais complètement oublié cette histoire.

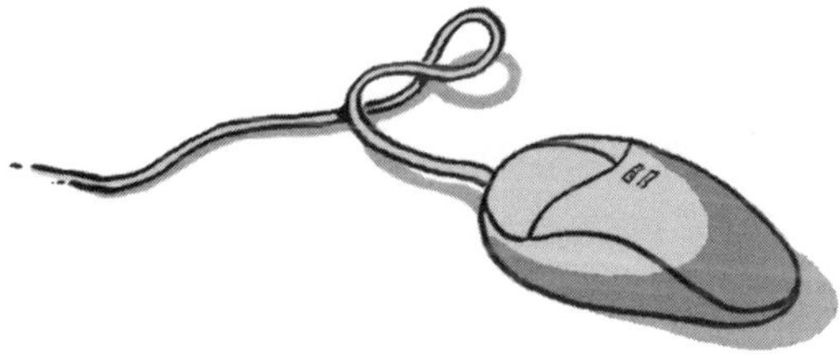

– Maintenant, ce serait bien, m'encourage Salma. Tu serais débarrassée.

– Tu as raison, je soupire. Vous m'accompagnez ?

Mais des éclats de voix en provenance du salon nous arrêtent.

– Tu me prends pour une idiote ? Tu crois que je n'ai pas compris ?

C'est Maud.

Elle semble folle de rage.

– Ça m'étonnerait qu'elle parle des maths, souffle Lou, les yeux brillants d'excitation.

– Moi aussi, je murmure.

La porte du salon s'ouvre à la volée.

– Je ne veux plus jamais te voir, explose ma sœur. C'est terminé entre nous, TERMINÉ ! Et toi, c'est pareil. Je ne suis plus ton amie. Je t'ai déjà oubliée !

Le visage décomposé, elle traverse le couloir comme une fusée et s'enferme dans la salle de bains.

Juliette, écarlate, prend son sac et se faufile sur le palier. Roméric, très pâle, quitte l'appartement sans un mot. Les invités de Maud se regardent, interloqués.

– Je crois qu'on devrait y aller, lance un garçon. Question ambiance, c'est mort.

Les autres hochent la tête et enfilent leur blouson. Je suis outrée. Personne ne se soucie de ma sœur !

Heureusement que nous sommes là, mes copines et moi, car la situation est grave.

Ordi bloqué et cœur brisé

Je tambourine à la porte de la salle de bains.

– Maud, ouvre, s'il te plaît ! Il faut qu'on discute !

– Laisse-moi ! Je ne sortirai jamais d'ici ! Je veux mourir !

On se regarde, très inquiètes.

– Maud, j'ai cassé l'ordinateur de papa ! je lance soudain.

Le verrou tourne. La porte s'entrouvre légèrement.

Je comprends à son regard furieux que Maud n'a plus envie de mourir, mais de me tuer. Je ne sais pas si on peut appeler ça un progrès.

– Tu as QUOI ?

– L'ordinateur ne marche plus.

Ma sœur se précipite dans le bureau pour constater l'étendue des dégâts.

– Je suis maudite ! hurle-t-elle. Moi qui comptais passer la soirée sur Internet !

Et elle fond en larmes.

– Qu'est-ce qui s'est passé ? je demande, autant par compassion que pour détourner la conversation.

Mes copines se rapprochent pour ne pas en perdre une miette.

– Roméric n'a pas arrêté de regarder Juliette cet après-midi. Et là, dans le salon, il lui a pris la main.

Lou nous adresse un clin d'œil qui signifie, d'après mon dictionnaire de regards entre copines : « Vous voyez, j'avais raison… »

Ma sœur entame une liste d'insultes destinées à Juliette et à Roméric. Une chance que maman ne soit pas là ! D'un autre côté, si elle était là, elle saurait certainement consoler Maud. Je ne l'ai jamais vue dans cet état.

Je passe mon bras autour de son cou et je tente de la réconforter du mieux possible.

– Je ne supporterai pas de vivre dans le même immeuble que lui, affirme-t-elle en reniflant. On doit déménager.

Aïe ! Il est urgent de la calmer. Moi, j'adore ma chambre, mon école, mon quartier, mes copines.

– On ne va pas quitter notre appartement à cause de ce Roméric, je proteste.

Il faut l'ignorer, faire comme s'il était invisible.

– J'ai lu un article là-dessus dans *Oh les filles*, renchérit Lou. Le mieux, c'est l'indifférence.

– Ou la vengeance, je poursuis. Si tu veux, Jack Slim et moi, on lui pourrit la vie.

Au milieu de ses larmes, Maud sourit.

– Tu es une sœur super, Inès. Sauf pour l'ordinateur. Je n'ose pas imaginer la tête de papa à son retour.

– Vous ne connaissez personne de doué en informatique ? interroge Jessica.

– À part Roméric, non, répond ma sœur d'une voix lugubre.

– Et Bruno ? je m'écrie soudain. Il a conseillé papa pour l'achat de l'ordinateur. Il pourra peut-être nous dépanner par téléphone ?

Le visage de Maud s'éclaire.

– Bonne idée ! Appelle-le !

– Moi ?

D'un seul coup, mon idée ne me semble plus aussi bonne. Expliquer ses bêtises à un copain de son père, c'est la honte.

– L'ordinateur est en panne à cause de toi, insiste ma sœur.

Elle retourne dans la salle de bains. J'avale ma salive.

– Courage ! dit Jessica en me tendant le téléphone. On est avec toi.

Au bout de trois sonneries, on décroche. J'ai de la chance, Bruno est chez lui. Je lui raconte l'histoire en supprimant certains détails. Il me demande d'essayer plusieurs combinaisons de touches. Sans succès.

– Je vais passer chez toi, propose-t-il.
– Je ne veux pas te déranger…
– Mais non… Je viendrai en fin de journée.
– C'est vraiment sympa ! Merci, Bruno.
J'ai à peine le temps de raccrocher qu'on sonne à la porte.
– Allez dans ma chambre, je lance à mes copines. C'est plus prudent.
Maud, qui s'est remaquillée, me fait comprendre par gestes qu'elle ne souhaite pas ouvrir.
– Ne t'inquiète pas, je la rassure. Si c'est Roméric, je l'envoie promener.
Je me plante devant la porte.
– Qui est là ?
– Moi, répond Véronique.
J'ouvre.
Derrière elle se tiennent Lucas et Steven. En service commandé d'espionnage, à mon avis.
Pas de Roméric à l'horizon.

– Je viens aux nouvelles, explique Véronique. Roméric s'est enfermé dans sa chambre et refuse de me parler. Vous vous êtes disputés ? ajoute-t-elle en s'adressant à Maud.

Cette dernière hausse les épaules.

– Oui.

– À cause des maths ?

Ma sœur pousse un énorme soupir d'agacement. Véronique devrait s'abonner à *Oh les filles !*

– Vous vous réconcilierez sûrement ce soir, au dîner, reprend-elle.

– Ce soir, je dîne ici, coupe Maud, catégorique.

– C'est dommage ! Je comptais faire des hamburgers.

– Je suis végétarienne.

– Je resterai avec Maud, j'interviens.

Je suis une sœur solidaire. Solidaire et héroïque... Il faut du courage pour troquer un délicieux hamburger contre un steak de soja.

– Véronique, je peux manger chez toi, moi ? s'inquiète Lucas.

– Bien sûr !

Le visage de mon frère s'éclaire. La perspective d'un bon repas et d'une soirée espionnage doit le réjouir.

Désemparée, Véronique bat rapidement en retraite.

– Si tu changes d'avis, Maud, n'hésite pas.

– Je ne changerai pas d'avis. Jamais, rétorque ma sœur avec dignité.

Et elle referme la porte. Mes copines nous rejoignent.

– Bravo ! Tu as été très ferme, je m'écrie en applaudissant.

On sonne de nouveau.

– J'en ai marre de me cacher, soupire Jessica.

– S'il te plaît, Inès, explique à Véronique que ça ne sert à rien d'insister, dit Maud en s'éclipsant. Je ne veux plus parler à celui-dont-j'ai-déjà-oublié-l'existence.

– Compte sur moi !

Je me compose un visage grave et j'ouvre. Une fille et deux garçons se tiennent sur le palier.

– Salut, lance la fille. Maud est là ?

– C'est de la part de qui ? je rétorque, sur la défensive.

Roméric a peut-être envoyé des copains pour plaider sa cause.

– Je suis Marie. On est dans le même collège.

Une voix s'exclame dans mon dos :

– Marie ? C'est cool que tu sois là !

Je me retourne. Ma sœur s'avance, radieuse.

– Juliette m'a parlé d'une boum chez toi, explique Marie. J'ai pensé qu'on pourrait passer. Je te présente Antoine et Seb, des copains de l'école de musique.

Je remarque alors leurs étuis à guitare.

– Entrez ! propose Maud. La boum est finie, mais vous êtes les bienvenus.

Elle les entraîne au salon et se retourne vers moi.

– Inès, chuchote-t-elle, si Roméric ou Juliette téléphone, réponds-leur que je suis **avec des amis.** La vengeance, ça me plaît comme idée, ajoute-t-elle en souriant.

Nous nous tapons dans la main et je fonce auprès de mes copines pour tout leur raconter.

– Ta sœur est féroce ! dit Lou, admirative.

– Détrompe-toi, je la connais. Je suis sûre que ce soir, elle pleurera dans son lit. Si ce crétin de Roméric appelle, je n'aurai aucune pitié.

La sonnerie du téléphone nous interrompt. Je me précipite sur l'appareil en jubilant :

– Je parie que c'est lui.

– Branche le haut-parleur ! supplie Lou.

– D'accord.

Je choisis ma voix la plus glaciale. Une vraie voix de banquise.

– Allô ?

– Inès ? C'est la maman de Jessica au téléphone. Tout va bien ? Tu as une voix bizarre…

Je me transforme en statue.

– Tu peux me passer ta maman, s'il te plaît ?

Invitations imprévues

Bien sûr, la mère de Jessica ignore que mes parents sont à Venise.

– Oh ! Bonjour madame, je bafouille. Euh… Pour l'instant, maman n'est pas là. Elle est allée… chez la voisine, pour lui rendre des magazines.

La mère de Jessica semble ennuyée.

– J'ai un service à lui demander. Elle peut me rappeler dès qu'elle rentre ?

Le problème, c'est que maman ne rentre que demain soir.

– C'est très urgent ? je bredouille.

– L'hôpital a besoin de moi en renfort. Il manque de personnel pour cette nuit.

La mère de Jessica est infirmière. Il arrive parfois qu'on l'appelle alors qu'elle est en congé.

– J'ai pensé que Jessica pourrait dormir chez vous, conclut-elle. Il n'y aura personne à la maison.

Près de moi, Jessica sautille et bat des mains en silence, comme dans les films muets.

– Aucun problème, je m'empresse de répondre. Je lui prêterai un pyjama. Et on a toujours des brosses à dents neuves pour les invités.

– C'est très gentil de ta part, Inès, mais j'aimerais en parler avec ta maman. C'est la moindre des choses. Dis-lui de me rappeler !

Je lève les yeux au ciel. Les adultes compliquent tout avec leurs histoires de politesse.

– D'accord. Au revoir !

Je raccroche, le cœur battant.

– Mais comment on va faire ? s'affole Jessica.

– Et si ta voisine appelait? suggère Lou.

– Impossible ! Elle ignore que Jessica est ici, je rétorque.

Je mordille nerveusement une mèche de cheveux.

– Je ne vois qu'une solution, je déclare enfin.

Je pousse la porte du salon. Ma sœur n'a plus l'air triste. Elle rit avec ses copains.

C'est le moment !

– Maud ? Il faut que je te parle. J'ai un gros problème.

– ENCORE ?

Intriguée, ma sœur me suit dans la cuisine. Pas très fière de moi, je la mets au courant. Elle ouvre de grands yeux, effarée.

– Moi ? Me faire passer pour maman ? C'est une blague ?

– Tu as une autre idée ? Je ne pouvais pas répondre : « Maman est à Venise depuis hier, on ne voulait pas que vous le sachiez... »

Je reprends mon souffle.

– S'il te plaît, Maud... Vous avez la même voix, maman et toi.

Ma sœur croise les bras.

– Et si la mère de Jessica rencontre maman ? Si elles en parlent ? Du style, « Merci encore d'avoir hébergé ma fille ».

– On verra plus tard. Je t'en supplie, Maud... Tu vas super bien t'en sortir, tu es une actrice géniale !

– D'accord ! soupire-t-elle, flattée. Mais c'est la première et la dernière fois.

Elle se tourne vers Jessica.

– C'est quoi, ton numéro ?

Ma sœur tapote sur le clavier. Puis elle s'éclaircit la voix.

– Madame Leroy ? C'est la maman d'Inès à l'appareil.

Le souffle court, nous l'écoutons rassurer la mère de Jessica et lui certifier que ce service ne dérange pas la famille.

J'avais raison. Une grande carrière de comédienne attend ma sœur.

Quand elle raccroche, je me jette à son cou pour l'embrasser.

– Merci Maud, tu es trop sympa !

– Je suis trop bête, surtout, rétorque-t-elle d'une voix bourrue. On risque de gros ennuis.

– Je dirai que c'est ma faute, je te le promets !

Maud hausse les épaules et rejoint les autres au salon. Je me retourne vers mes copines. Lou boude.

– C'est pas juste. Moi aussi, j'aimerais dormir chez toi. Je suis sûre que ma mère serait d'accord.

Je suis ennuyée. L'idée est tentante, mais un mensonge c'est suffisant.

– Il ne vaut mieux pas, je réponds à regret.

– Plus jamais on n'aura l'occasion d'organiser une soirée pyjama secrète, insiste Lou.

– Moi, je ne préfère pas, grimace Salma.

À ce moment, on sonne.

– Compris, on retourne se cacher, soupire Jessica.

Maud pointe le nez par la porte du salon. Je lui adresse un clin d'œil qui signifie, d'après mon dictionnaire de regards entre sœurs : « Je m'en occupe. Si c'est Roméric, je lui explique que tu es avec des amis, que tu ne veux plus le voir, que c'est **FINI** entre vous… »

J'ouvre la porte. Mon cœur exécute un triple saut périlleux dans ma poitrine. Sur le palier se tient Bruno.

Et à côté de lui, vêtu d'un blouson de cuir noir, il y a…

IGOR !

Bœuf et yaourt en cuisine

– Bonjour Inès, lance Bruno. Igor a tenu à m'accompagner.

Igor est le fils d'Ada, la copine de Bruno. Je l'ai rencontré à la soirée surprise qu'on a organisée pour les quarante ans de papa et il a été la plus belle des surprises pour moi…

Ses yeux bleus me sourient. Il s'approche et m'embrasse. Mes jambes se transforment en chamallows.

– C'est génial que tu sois venu, je bafouille, écarlate. Je te montre l'ordinateur, Bruno ?

Nous nous dirigeons vers le bureau de papa. Bruno s'installe et essaie de redémarrer le système. Sans succès.

– Sûrement un problème de disque dur, dit-il en se grattant la tête. Ne restez pas là à m'observer. J'en ai pour un moment.

J'entraîne Igor dans ma chambre et je lui présente mes copines. Trois paires d'yeux brillants de curiosité se braquent sur lui. Lou semble fascinée par le piercing qu'il porte au sourcil gauche.

– Tu veux boire quelque chose ? je demande.

– Oui, merci.

Lou, Jessica et Salma nous escortent à la cuisine. Là, nous tombons sur Maud et ses nouveaux amis.

– Igor ? Mais qu'est-ce que tu fais là ? s'exclame Marie.

– Vous vous connaissez ? je balbutie, ahurie.

Seb pouffe.

– Qui ne connaît pas Igor à l'école de musique ? C'est un batteur hyper doué. Venez au concert samedi prochain, vous verrez !

– J'adorerais jouer de la batterie, murmure Lou, qui dévore Igor des yeux. Tu pourrais m'apprendre ?

J'aime beaucoup Lou. Mais là, elle commence à m'énerver.

– Tu sais bien que tu n'as pas le sens du rythme, je glisse d'une voix suave. Le prof de musique te le répète sans cesse !

Elle me décoche un regard furieux.

– Fais-nous une démonstration, Igor, propose Seb en décrochant des casseroles et en les retournant sur la table.

Igor s'empare de spatules en bois et entame un solo étourdissant. Tout le monde applaudit. Antoine et Seb vont chercher leur guitare.

– Un bœuf, ça vous branche ?

J'ouvre de grands yeux. De quoi parle Antoine ?

– Un bœuf, c'est une improvisation entre musiciens, traduit Jessica. Mon père emploie souvent ce mot-là.

Normal. Il est contrebassiste professionnel.

Les premiers accords retentissent.

– Inès, tu chantes ? lance Igor.

– Mais... je ne connais pas les paroles !

Lou m'adresse un sourire narquois.

– Chante en yaourt, conseille Marie. Tu improvises une mélodie avec des mots qui ressemblent à la langue que tu veux. L'anglais par exemple.

– Euh…

Je me sens idiote.

– Vas-y, Inès, insiste Igor. Tu chantes super bien ! Rappelle-toi le karaoké qu'on a fait tous les deux à l'anniversaire de ton père.

Je suis morte de trac, mais le regard jaloux de Lou me décide. Si elle croit que je vais renoncer… Je me jette à l'eau.

– Wouailing trou carminne froui zat boïlle wiz e taike.

Seb, Antoine et Marie reprennent en chœur :

– Wiz e taike, wiz e taike.

– Super ! s'écrie Igor, radieux.

À ce moment-là, Bruno fait son apparition. Nous nous arrêtons, penauds.

– Ne vous dérangez pas pour moi, dit-il. Je voulais juste vous prévenir que la maman de Lou a téléphoné. Elle sera en bas dans cinq minutes.

Et il s'éclipse.

– Il faut y aller, souffle Salma.

Si nous étions dans une situation habituelle, Lou se lamenterait de devoir partir aussi vite.

Mais nous ne sommes pas dans une situation habituelle. Lou est très vexée qu'Igor m'accorde autant d'attention. Elle semble ravie de s'en aller.

Je raccompagne mes deux copines sur le palier et je tombe nez à nez avec Lucas. Il m'escorte à la cuisine.

– Qu'est-ce que vous faites? questionne-t-il.

– Un bœuf, je réplique. C'est encore plus amusant qu'un karaoké.

– Roméric t'envoie pour m'espionner? demande ma sœur en l'apercevant.

Lucas secoue la tête.

– Non, je m'ennuyais trop chez Steven. Roméric est enfermé dans sa chambre et Véro a annulé le cinéma parce qu'elle ne veut pas le laisser seul.

– Ah bon ? Il n'est pas sorti de sa chambre ? relève Maud.

Ses yeux brillent. La nouvelle semble la réjouir.

– Pour moi, c'est un week-end pourri, conclut Lucas. Vous avez de la chance, vous !

– Dis à Steven de descendre, je lui glisse, prise de pitié. Vous resterez avec nous.

Mon frère saute de joie.

– Génial ! J'expliquerai à Véronique qu'elle sera plus tranquille pour discuter avec Roméric si on n'est pas chez elle.

Et il tourne les talons.

– Déjà huit heures ? s'exclame soudain Seb. Je dois rentrer.

– Moi aussi, renchérit Marie.

Antoine hoche la tête et range sa guitare.

– Restez, intervient Maud, ça ne pose pas de problème.

– À moi, si, explique Seb. Ma mère est intransigeante sur les horaires. Une minute de retard égale cinq minutes de ménage.

Nous les raccompagnons avec regret. Marie embrasse ma sœur.

– À lundi, au collège. Salut tout le monde !

Les deux garçons nous font la bise. Quand Antoine se penche vers Jessica, elle devient toute rose. Je connais cet effet !

Pas besoin de lire *Oh les filles* pour comprendre qu'elle est amoureuse.

Maud referme la porte.

– Très doués pour la musique, tes copains, affirme Bruno, qui est sorti du bureau. Ton père les connaît ?

– Non, répond Maud, gênée. Au fait, je préférerais que tu ne lui parles pas d'eux.

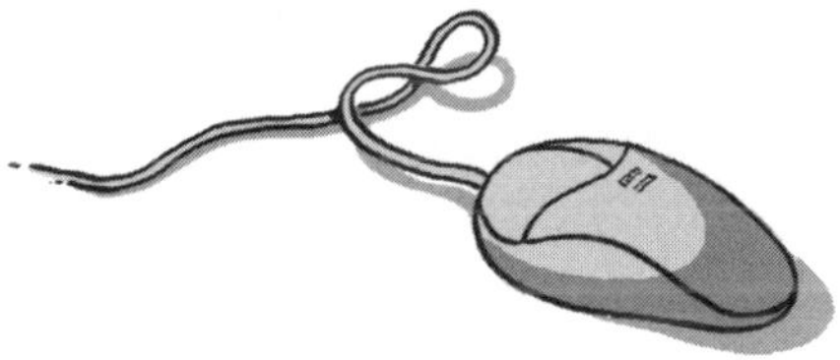

Bruno hoche la tête d'un air entendu.

– Je vois… Je ne me mêlerai pas de tes affaires.

Il se tourne vers moi.

– Vos photos sont magnifiques ! J'en ai mis une en fond d'écran.

– Quoi ? Tu as vu nos photos ? je m'écrie. Mais alors, tu as réparé l'ordinateur ?

– Oui. Ton père avait mal installé le système. Les ratés étaient inévitables ! Tu n'y es pour rien.

– On peut les voir, ces photos ? interroge Igor.

– Surtout pas ! je proteste.

S'il me découvre transformée en cyclope, il ne voudra plus jamais m'embrasser !

Je cours jusqu'au bureau, je me plante devant l'ordinateur et j'écarte les bras pour masquer l'écran.

Igor ne doit RIEN voir, Igor ne doit RIEN voir, je répète mentalement.

Brusquement, nous nous retrouvons dans le noir.

Panique électrique

Aucun interrupteur ne fonctionne. Jessica crie qu'elle a peur dans le noir. Ma sœur déniche des bougies dans la cuisine et, à tâtons, nous nous rassemblons au salon.

Les façades des immeubles sont plongées dans l'obscurité. Des fenêtres s'ouvrent, des têtes se penchent.

– Panne de secteur, diagnostique Bruno. Juste au moment où je venais de réparer l'ordinateur, c'est bête !

Maud râle.

– J'espère que ça ne durera pas longtemps.

– Toi qui recommandes les économies d'énergie, tu devrais être contente, je lui fais remarquer.

– Économiser ne signifie pas supprimer, réplique-t-elle sèchement. J'avais des projets.

– Moi aussi, je rétorque. On voulait passer une nuit blanche devant la télé, Jessica et moi.

– Ce sera une nuit noire, plaisante Igor.

J'éclate de rire. L'humour d'Igor, c'est comme mille bougies illuminant la pièce.

– Vous avez entendu ? Je crois qu'on a frappé, murmure Jessica.

À cause de la panne, la sonnette ne fonctionne plus. Une bougie à la main, je m'approche de la porte. Jessica avait raison. On frappe.

– C'est nous, ouvrez ! Il y a une coupure de courant.

– Merci de l'information, Lucas, on avait remarqué, je lui réponds.

J'ouvre. Le faisceau lumineux d'une torche électrique m'éblouit. Jack Slim est plus moderne que nous ! Je distingue les silhouettes de Steven, de Lucas… et de Roméric.

– Je ne veux pas de toi ici, prévient Maud en l'apercevant.

– Ce n'est pas le moment de discuter de ça, proteste Roméric en avançant.

– Je ne veux pas que tu entres chez moi, reprend Maud, furieuse.

– On se calme, tempère Bruno. Qu'est-ce qui vous arrive, les garçons ?

– Maman est coincée dans l'ascenseur, dit Steven.

– Quoi ! je m'exclame.

– Elle était descendue à la cave pour chercher quelque chose, explique Roméric. La panne s'est produite pile quand elle remontait.

Bruno jette un coup d'œil inquiet dans la cage d'escalier.

– À quel étage ?

– Entre le premier et le deuxième, répond Roméric.

Bruno leur emprunte la torche électrique et descend jusqu'à l'étage de M. Lorthios. Nous le suivons à tâtons dans la pénombre.

– Véronique ? Vous m'entendez ? C'est Bruno, un copain de Thierry.

La voix de Véronique nous parvient depuis la cabine de l'ascenseur.

– Vous pouvez me sortir de là ?

– J'ai bien peur que non. C'est une coupure générale. Ça ne devrait pas durer longtemps.

– Il paraît que des gens sont restés enfermés pendant trois jours dans un ascenseur, chuchote Lucas derrière moi.

– Ne parle pas de malheur, s'inquiète Roméric. Ma mère est claustrophobe.

– Ça veut dire quoi? questionne Lucas.

– Qu'elle a peur dans les endroits fermés. Elle risque une crise d'angoisse. Il faut lui parler sans arrêt pour la tranquilliser, explique-t-il.

– Alors qu'est-ce que tu attends? lance Maud, narquoise.

– Tu restes avec moi? propose Roméric.

– Même pas en rêve ! Il faut que je m'occupe des petits, réplique-t-elle, ironique.

Et toc ! C'est ce qui s'appelle un excellent début de vengeance.

De nouveau, la voix de Véronique retentit.

– Inès et Maud sont seules et j'ai laissé les garçons chez moi. Vous pouvez vérifier qu'ils vont bien, Bruno ?

– Ne t'inquiète pas, maman, on est ensemble, lance Roméric.

Une porte s'ouvre. Puis une autre. Quand les voisins apprennent ce qui se passe, ils engagent la conversation avec Véronique et Bruno. Celui-ci se tourne vers nous.

– Remontez à l'appartement, je vais rester là. Maud, Roméric, je compte sur vous. Soyez prudents avec les bougies. Il ne manquerait plus qu'un incendie se déclenche !

– On fera attention ! assure Roméric.

Nous rentrons chez nous.

– Moi, je trouve cette panne très rigolote, glousse Lucas en braquant sa torche sur nous. On va pouvoir jouer à plein de jeux amusants.

– Par exemple aux fantômes ! clame Steven.

Et il agite les bras en poussant de longs hululements, comme la nuit de ma soirée pyjama, quand il avait débarqué dans ma chambre.

Jessica se cramponne à mon bras en criant.

Cette histoire de fantômes me donne une idée.

– Et si on faisait du spiritisme ?

– Qu'est-ce que c'est ? interroge Lucas.

– On se met autour d'une table et on appelle les esprits.

– Les esprits de qui ? demande Roméric, ironique.

– Les esprits de l'au-delà, je réplique. On les interroge sur le futur ou le passé.

– Comment on communique avec eux ? questionne Jessica.

Roméric ricane.

– On dit « Esprit, es-tu là ? » et il répond en tapant.

– Pas du tout ! je rétorque, agacée. On écrit les lettres de l'alphabet et les chiffres sur des papiers. On prépare aussi un panneau OUI et un panneau NON. Ensuite, on dispose les papiers en cercle et on place un verre retourné au milieu de la table. Chacun met son doigt dessus et le verre se dirige vers les papiers pour épeler sa réponse.

– Ils savent lire et écrire, les esprits ? s'étonne Lucas.

– Les esprits savent tout, j'affirme d'une voix convaincue. On essaie ?

Nous nous partageons le travail. À la lueur des bougies, Maud découpe des feuilles de brouillon en carrés.

– Je peux t'aider ? propose timidement Roméric.

Ma sœur se contente de hausser les épaules.

Jessica, Steven et Lucas tracent les lettres de l'alphabet. Je débarrasse la table du salon avec Igor.

– Tu as une idée des questions que tu vas poser ? murmure-t-il.

– Pas encore...

C'est à moitié vrai. J'aimerais trop savoir s'il est amoureux de moi. Mais impossible de le demander en public. Nous nous installons enfin autour de la table.

– Tenez-vous par la main, je recommande. Ça multiplie les énergies.

Et surtout, ça me donne l'occasion de prendre la main d'Igor. Quand nos doigts se rencontrent, je sens dans mon cœur un courant assez fort pour réveiller l'esprit le plus paresseux.

Roméric s'est installé à côté de ma sœur. J'ai l'impression qu'il s'intéresse de près au spiritisme maintenant.

– Posez votre index sur le verre, j'ordonne. Et concentrez-vous !

Nous retenons notre souffle. La flamme tremblotante des bougies éclaire les visages crispés par l'appréhension et la curiosité. Avec le squelette fluorescent qui orne son sweat, mon frère a une allure inquiétante.

Un gargouillis d'estomac retentit dans le silence. Maud glousse.

– Chut ! je marmonne. On n'y arrivera jamais, sinon…

– Comment on saura que l'esprit est là ? interroge Steven.

Je perds patience.

– Si vous n'arrêtez pas de parler, il ne viendra jamais.

Cette fois, tout le monde s'applique. De longues minutes s'écoulent. Sous mon doigt, je sens soudain le verre bouger.

– Ça y est, je murmure, le cœur battant. L'esprit est là.

La vérité, toute la vérité ?

– À toi l'honneur, Inès, murmure Igor.

Je prends une grande inspiration :

– Esprit, es-tu là ?

Sous nos yeux ébahis, le verre se déplace lentement vers le OUI.

– Trop fort, s'émerveille Lucas.

Je le fais taire d'une bourrade énergique.

– Bienvenue à toi, esprit, je continue. Comment t'appelles-tu ?

Le verre avance vers les carrés de papier. Je nomme les lettres au fur et à mesure.

– L.U.R.O.

– Luro ? s'exclame Steven. Drôle de nom !

– C'est un nom d'esprit, je réplique. Tu croyais qu'il s'appellerait Arthur ou Kévin ? Luro, es-tu prêt à nous répondre ?

– OUI.

Mon regard croise celui de Roméric. Il ne plaisante plus. Il semble même très concentré. Je pose la première question :

– Combien de temps la panne va durer ?

Le verre glisse et s'arrête devant le chiffre quatre.

– Quatre minutes ou quatre heures ? s'inquiète Maud.

– Pourquoi pas quatre jours pendant que tu y es ? marmonne Steven.

Peu à peu, les langues se délient. Jessica veut savoir si on aura un contrôle surprise de géo lundi. Maud sonde l'esprit sur l'avenir de la planète. Quant à Igor, il se renseigne sur l'éventuel succès de son prochain concert. C'est au tour de Lucas.

– Esprit, est-ce qu'il y a un garçon amoureux dans la pièce ?

La question déclenche de petits rires chez les filles et des protestations indignées de la part des garçons. Le verre ne bouge pas.

– L'esprit te trouve trop indiscret, Lucas, suggère Igor.

– Peut-être qu'il n'y a pas d'amoureux ici, réplique Steven.

Qu'est-ce qu'il raconte ? Ce serait affreux pour moi... Soudain, le verre se dirige vers le chiffre un. Je me sens soulagée.

– Il y en a un ! s'exclame mon frère, triomphant. On peut savoir qui c'est ?

– C'est une atteinte à la vie privée, proteste Roméric.

Maud lui jette un regard de travers. Le verre s'approche du R.

– Mon vieux, je crois que l'esprit parle de toi, glousse Steven.

– Intéressant, ricane Maud. Esprit, de qui Roméric est-il amoureux ?

Je retiens mon souffle. Le verre passe lentement devant le J et s'arrête devant le M. Ma sœur bondit de sa chaise.

– C'est dingue ! Ce truc me file la frousse.

– Ne t'inquiète pas, répond Roméric, je suis là.

Il passe un bras autour de son cou. Pas besoin de convoquer un esprit pour comprendre qu'il y a de la réconciliation dans l'air. Je suis contente pour Maud. Mais pourquoi l'esprit n'a-t-il pas parlé d'Igor ? Est-ce que ça signifierait que…

Brusquement, la lumière se rallume. Éblouis, nous nous regardons en clignant des yeux tandis que des cris de soulagement et des applaudissements retentissent dans la cage d'escalier.

– Pour madame Ness, hip hip hip, hourra !

– Maman est devenue une héroïne, s'exclame Steven en se précipitant sur le palier.

Quelques instants plus tard, Véronique entre dans l'appartement, accompagnée de Bruno.

– Quelle aventure ! soupire-t-elle. Plus jamais je ne prendrai l'ascenseur. J'ai eu la peur de ma vie. Et je meurs de faim !

À la réflexion, nous aussi. Pendant que je sors du réfrigérateur de quoi garnir des sandwiches, Maud sert des jus de fruit. Lucas a déniché deux paquets de chips que papa cache au fond d'un placard, en prévision de menus trop diététiques. Tout le monde se jette sur la nourriture en parlant en même temps.

C'est alors que Véronique remarque la présence de Jessica. Je lui explique qu'elle dort à la maison.

– Ah bon ? Mais la maman de Jessica sait que tes parents sont en Italie ? s'étonne Véronique.

– Ben… Un peu…

– Comment ça, **un peu** ?

Elle me presse de questions. Je suis obligée d'avouer que « un peu » signifie « non ». Et que j'ai supplié Maud de se faire passer pour maman au téléphone. C'est très embarrassant, ce genre d'explications, surtout devant Igor.

L'air fâché, Véronique lève les bras au ciel.

– Mais que penseront les parents de Jessica quand ils sauront la vérité ?

Je ne vois pas pourquoi ils seraient au courant, nous n'avons pas l'intention de leur en parler.

– Et tes parents, Inès, qu'est-ce qu'ils diront ? ajoute-t-elle.

Hum ! Je n'avais pas prévu non plus de les en informer, mais j'ai l'impression que Véronique n'est pas de mon avis.

Bruno intervient d'une voix apaisante :

– On a tous fait des cachotteries dans notre jeunesse !

– Ah bon ? Même papa ? interroge Lucas, la mine gourmande.

– Tu as caché des choses à tes parents quand tu étais jeune, maman ? renchérit Steven, très intéressé.

Véronique jette un regard à Bruno qui signifie, d'après mon dictionnaire de regards entre adultes : « Vous avez raté une occasion de vous taire. » Bruno se mord les lèvres.

– Vous allez le répéter aux parents ? je demande, les yeux implorants.

– Si vous leur dites, on est morts, lance Maud d'un air lugubre.

– Morts **et** privés de sortie, j'ajoute.

– Morts **et** privés de sortie **et** obligés de faire des tonnes de corvées en punition, achève Lucas.

– Maman, intervient Roméric, ce serait moche de rapporter.

– Il ne s'agit pas de rapporter, se défend Véronique. C'est une question de confiance. Si les adultes se mettent à dissimuler les cachotteries des enfants, où allons-nous ?

– Je crois que j'ai la solution, annonce Bruno.

Il est génial. C'est notre sauveur !

– Qu'on leur en parle ou non, commence-t-il, vos parents finiront par tout découvrir. Alors, le mieux... c'est que vous leur racontiez vous-mêmes quand ils rentreront.

Quoi ? Nous dénoncer nous-mêmes ? C'est ça, la solution miracle de Bruno ? Les grands sont parfois très décevants.

Véronique bâille.

– Bonne idée, réfléchissez-y. Et maintenant, tout le monde au lit ! Les garçons, vous montez, les filles, vous restez ici avec Maud. Cette soirée m'a épuisée.

Bruno nous souhaite bonne nuit. Pendant qu'il discute à voix basse avec Véronique sur le palier, Igor chuchote :

– C'était une super soirée, Inès. D'ailleurs, chez toi, les soirées sont toujours super. Tu viendras au concert, samedi prochain ?

Je grimace.

– Ça m'étonnerait... Samedi prochain, je serai sûrement morte **et** privée de sortie **et** assommée de corvées.

– Je te téléphone cette semaine, dit-il très vite.

Et il dépose une bise sur ma joue. Mes jambes me font encore une fois le coup du chamallow. Je suis sûre qu'Igor m'aime plus que bien. L'esprit de l'au-delà était nul, ou il ne savait pas compter.

Mon moral remonte en flèche. Après tout, je l'ai eue, ma nuit blanche. Et je l'ai passée avec Igor ! Tant pis s'il doit m'arriver des tas d'ennuis.

Préparatifs express

J'ouvre un œil. La soirée d'hier me revient en mémoire : la panne d'électricité, la séance de spiritisme, et IGOR. Les cheveux en bataille, Jessica repousse le sac de couchage que je lui ai prêté.

– Quelle heure il est ? demande-t-elle en bâillant.

– Dix heures et demie.

– Il faut se dépêcher ! dit-elle en bondissant sur ses pieds. Ma mère vient me chercher dans une heure.

Nous prenons le petit-déjeuner dans la cuisine, au milieu d'un horrible désordre. Hier soir, nous n'avons rien rangé.

– Ta sœur dort encore? questionne Jessica.

– Je ne sais pas. Je vais voir.

Je me faufile dans le couloir et j'appuie mon oreille contre la porte de sa chambre. Les techniques traditionnelles d'espionnage fonctionnent très bien. J'entends ma sœur qui déclare :

– D'accord, je me suis fait des idées. Mais non, je ne suis plus fâchée. Tu restes ma meilleure amie, bien sûr.

Je souris. Maud est en train de se réconcilier avec Juliette au téléphone, pour la centième fois au moins depuis qu'elles se connaissent.

À onze heures et demie, la mère de Jessica sonne à la porte.

– Bonjour les filles ! Vous avez passé une bonne soirée ?

– Super ! nous répondons en chœur.

– Tes parents sont là, Inès ?

– Ils sont partis au marché. Ils reviendront dans une heure.

Jessica garde son sérieux. Sa mère semble ennuyée.

– J'aurais bien voulu leur parler. Tu les remercieras de ma part.

– Vous pouvez compter sur moi, j'affirme, un grand sourire aux lèvres.

Notre plan a marché. C'est ça, l'intelligence !

– J'appellerai ta maman ce soir, ajoute la mère de Jessica avant de s'engouffrer dans l'ascenseur.

Mon sourire s'efface. Les ennuis s'annoncent. Comme si ça ne suffisait pas, Maud sort de sa chambre en trombe.

– Oh là là ! Il est bientôt midi et on a une foule de choses à faire avant le retour des parents ! Je monte chercher Lucas pour qu'il nous aide.

Je lui jette un regard soupçonneux.

– Tu reviens vite, hein ? Pas question que tu discutes avec Roméric pendant des heures !

Ma sœur rougit.

– Mais non, ne t'inquiète pas. Ton idée de spiritisme était excellente, Inès, confie-t-elle, le sourire aux lèvres. Grâce à l'esprit, j'ai compris que je m'étais trompée. Roméric est vraiment trop craquant.

Elle marque une pause avant de reprendre :

– Ce week-end était super. Pas besoin d'aller à Venise pour trouver l'amour.

Si nous étions dans une situation habituelle, Maud ne m'aurait pas fait ce genre de confidences.

Mais on n'est pas dans une situation habituelle. Depuis ce week-end, ma sœur et moi sommes devenues très proches. Et c'est génial !

Il est quatre heures et demie. L'appartement est impeccable. Maud, clouée à son bureau, révise ses maths. Je bâille sur mes devoirs, l'esprit rempli d'Igor. L'école me paraît loin, très loin.

Lucas se faufile dans ma chambre.

– T'as vu, Maud et Roméric sont de nouveau ensemble. Je suis trop fort !

Intriguée, je fronce les sourcils.

– Pourquoi tu dis ça ?

– Parce que c'est grâce à moi ! s'exclame-t-il en se tapant sur la poitrine. Roméric m'a promis que si je l'aidais à se réconcilier avec Maud, il me prêterait son nouveau jeu de console.

J'écarquille les yeux.

– Je ne comprends pas. Tu as fait quoi ?

– Pendant la séance de spiritisme, je me suis arrangé pour qu'on parle des amoureux et j'ai poussé le verre dans la bonne direction. Les initiales, c'était géant, non ?

Je n'en crois pas mes oreilles.

– Alors ce n'était pas l'esprit qui répondait ? C'était toi ?

– Oui. Tu ne le répéteras pas à Maud ? s'inquiète-t-il soudain.

– Mais non ! je m'écrie.

L'esprit ne risquait pas de compter Igor au nombre des garçons amoureux !

– Lucas, plus tard, tu devrais devenir conseiller sentimental, je déclare. Tu es très doué.

– Pourquoi pas ? se rengorge-t-il.

Vers cinq heures, en sortant du local où j'ai entassé nos sacs-poubelles, je croise M. Lorthios qui attend l'ascenseur, une petite valise posée à ses pieds.

– Bonjour, monsieur Lorthios. Vous avez passé un bon week-end ?

– Oh, que non, soupire-t-il. Mes neveux ont organisé une boum dans le garage de leurs parents. Je n'ai pas fermé l'œil de la nuit. Moi qui croyais échapper à votre vacarme en rendant visite à ma famille !

Je le regarde, interloquée.

– Comment ça, notre vacarme ?

M. Lorthios hausse les épaules d'un air entendu.

– Votre mère m'a prévenu que vous seriez seuls ce week-end et que vous organiseriez sûrement une fête. Elle m'a demandé d'être compréhensif. Mais j'ai préféré m'absenter.

Quoi ? Maman s'attendait à une boum secrète ? Incroyable ! L'ascenseur arrive.

– Tu montes ? propose-t-il en ouvrant la porte.

Je secoue la tête.

– Non, merci. Je préfère les escaliers.

Je grimpe les marches quatre à quatre.

– Réunion urgente du conseil de guerre ! je hurle en entrant dans l'appartement. Je sais comment on va raconter le week-end aux parents.

Parents, le retour

– Ça y est ! Leur taxi arrive, avertit Lucas, posté sur le balcon.

Je me précipite à la fenêtre. Maud aussi. Maman lève la tête et nous adresse de grands signes. Le chauffeur sort les valises du coffre.

C'est super, les retrouvailles. Il y a des bisous, des câlins et des cadeaux pour nous. Je suis contente que les parents soient de retour. Mais je le serai encore plus quand...

– Papa, maman, on a quelque chose à vous dire, je commence.

– C'était bellissimo, Venise, s'extasie maman comme si elle n'avait pas entendu. La lagune est merveilleuse, les palais somptueux, la nourriture divine... D'ailleurs, votre père n'a pas été très raisonnable, ajoute-t-elle en désignant le ventre de papa.

– Votre mère non plus ! rétorque-t-il. Si vous aviez vu le nombre de glaces qu'elle a dégustées !

– De simples sorbets aux fruits ! proteste maman.

C'est horrible de devoir aborder des sujets délicats quand les parents ne veulent pas vous écouter. J'essaie de me faire entendre.

– Papa, maman...

Maman sourit.

– Alors, Inès, le week-end s'est bien passé ?

Papa lui tapote l'épaule.

– Évidemment, ma chérie. Tu t'inquiètes toujours à tort. Que pouvait-il donc arriver ?

Ils le font exprès ou quoi ? Maud et Lucas me jettent des regards désespérés.

Je ne vois qu'une solution. Je grimpe sur la table basse du salon et je tape dans mes mains.

– Écoutez-moi ! Tout s'est bien passé, mais dans le mot « tout », il y a des choses… enfin des choses que vous ne savez pas.

Cette fois, les parents se taisent. Je résume nos cachotteries du week-end (je n'aime pas le mot « bêtises ») et, d'un geste de la main, j'ajoute :

– Nous avons des arguments pour notre défense.

Lucas s'avance.

– D'accord, je n'aurais pas dû rentrer seul du karaté. Mais on n'était pas obligés de vous en parler, ni Véronique ni Bruno ne sont au courant. Ça prouve qu'on est honnêtes !

À son tour, Maud prend la parole :

– Je reconnais que j'ai organisé une boum en cachette. Mais primo, elle a duré très peu de temps puisque Véronique est revenue plus tôt que prévu. Secundo, on a appris par monsieur Lorthios que maman s'attendait à ce qu'on fasse une fête. On ne peut donc pas parler de vraie cachotterie de ma part. Tertio, j'ai quand même révisé mes maths. Ce qui montre mon sens des responsabilités.

Les parents se regardent, amusés.

– Pour Jessica, j'enchaîne, je suis sûre que tu aurais accepté de l'héberger, maman. Tu adores rendre service. Et puis, j'ai été raisonnable. Lou m'a suppliée de l'inviter à dormir et j'ai refusé.

Il reste l'ordinateur, j'ajoute après une légère pause. On n'aurait pas dû y toucher, c'est vrai. Mais s'il n'était pas tombé en panne, Bruno n'aurait jamais réinstallé le système. Et c'est toi qui aurais été bloqué, papa, pour des dossiers importants.

– Il faut voir le bon côté des choses, approuve Lucas.

– Ce week-end nous a donné une leçon, je conclus d'un air convaincu.

Les parents adorent qu'on leur dise ça. En plus, c'est vrai. La prochaine fois qu'on organisera une fête, on prévoira les imprévus les plus imprévus.

Les parents gardent le silence. Et puis, alors qu'on ne s'y attendait pas, ils applaudissent.

Je regarde Maud, ahurie. Peut-être qu'ils n'ont pas compris ? Peut-être qu'ils ont oublié le français pendant leur week-end en Italie ?

Enfin, papa se racle la gorge.

– Bravo pour votre système de défense ! Véronique et Bruno nous ont appelés ce matin pour nous raconter la soirée d'hier. Ils nous ont demandé d'être indulgents si vous disiez la vérité.

– Et vous l'avez dite, souligne maman en hochant la tête.

– Alors, vous serez indulgents ? je questionne.

– Indulgent, ça signifie quoi, au juste ? intervient Lucas en fronçant les sourcils.

Je le renseigne.

– Entre être morts, morts **et** privés de sortie, morts **et** privés de sortie **et** assommés de corvées, ils peuvent choisir le moins pénible pour nous.

– Cool ! Alors, vous choisissez quoi ? interroge Lucas.

Les parents se regardent. Se sourient.

– On a eu le temps d'y penser dans l'avion. Commençons par Maud, annonce maman. Tu devras attendre plusieurs mois pour ta prochaine boum puisque tu as eu l'occasion d'en faire une samedi après-midi. Peu importe si elle n'a pas duré longtemps.

– Si c'est ça, l'indulgence, marmonne Maud.

– Passons au cas d'Inès, dit papa. Plus de soirée pyjama jusqu'aux grandes vacances. Pour les mêmes raisons que ta sœur.

– Et désormais, quand vous préparerez une fête, vous vous occuperez de tout, poursuit maman. Courses, vaisselle, ménage. Nous ne ferons absolument rien. Comme ça, vous serez entraînés pour inviter des copains en cachette, glisse-t-elle en plaisantant.

– Et moi ? s'inquiète Lucas.

– Toi, tu apprendras par cœur les différents itinéraires pour aller et revenir du club de karaté, réplique papa. Je te suivrai pour vérifier que tu ne te trompes pas. On commence mercredi prochain.

– Une filature ? Mais c'est la honte ! proteste mon frère. Mes copains vont se moquer de moi.

– Le propre d'un espion, c'est de ne pas se perdre en route, riposte maman.

– Mais je ne veux plus être espion ! Je veux être conseiller en amour…

Les parents éclatent de rire.

– Tu iras faire un stage d'observation à Venise, alors.

On se regarde, soulagés. Bruno avait raison. Dire la vérité paraît impossible, effrayant, mais on se sent plus léger après. On peut passer à autre chose. Au fait…

– Papa, maman, est-ce que Bruno vous a parlé du concert d'Igor la semaine prochaine ? je demande, l'air innocent. Il joue drôlement bien de la batterie. On pourrait y aller ?

Les parents échangent un long regard. D'après mon dictionnaire de regards entre parents, il signifie : « Pas question d'accepter immédiatement. On aurait l'air de quoi ? »

Conclusion : j'ai une semaine pour les décider.

Je suis prête à fournir d'immenses efforts : mettre le couvert tous les soirs, débarrasser la table tous les soirs, écouter patiemment papa raconter Venise tous les soirs, manger beaucoup de légumes tous les soirs.

Ça en vaut la peine !

J'ai trop envie de revoir Igor !

Igor et moi, on s'♥♥♥.

Et ça, c'est mon secret le plus secret de mon premier week-end sans parents.

TABLE DES MATIÈRES

Projets secrets 7
Dernières recommandations 13
Parents, le départ 19
Épouvante au salon 27
Que la fête commence ! 39
Le secret de la marmidouille 45
Panne et accrochage 53
Trahison et disparition 61
Une course contre la montre 69
Maud pique sa crise 77
Ordi bloqué et cœur brisé 85
Invitations imprévues 97
Bœuf et yaourt en cuisine 105
Panique électrique 115
La vérité, toute la vérité ? 127
Préparatifs express 137
Parents, le retour 145

L'AUTEUR

Née en 1964, **Nathalie Charles** passe sa jeunesse dans un petit village près de Nevers. Ses deux passions d'enfant unique sont l'école et la lecture.
À dix-sept ans, bac en poche, elle s'installe à Paris, où elle se partage entre études et musique.
Elle devient professeur de lettres... et chanteuse du groupe les Loulou Melrose.
La naissance de ses filles sonne le début d'une nouvelle voie : celle d'auteur pour la jeunesse.
Elle adore enseigner dans son lycée du Val-d'Oise, écrire dans sa cuisine parisienne et chanter... où ça lui chante !

L'ILLUSTRATRICE

Nadine Van der Straeten dessine depuis vingt ans. Si son cœur balance entre l'illustration et la bande dessinée, elle aime avant tout raconter des histoires du bout de son crayon.
Depuis ses études à Strasbourg sous la houlette de Claude Lapointe, elle collabore étroitement avec de nombreux magazines et éditeurs pour la jeunesse. Elle réalise également des pochettes de disques et ne déteste pas écrire quelques chansons.
Nadine Van der Straeten vit actuellement en région parisienne.

Retrouvez Inès, Maud

Pour réussir une soirée pyjama, il faut :

1. Préparer des choses délicieuses à manger.
2. Interdire à son frère ou à sa sœur de participer.
3. N'inviter aucun garçon.
4. Délirer entre copines.

Pour sa première soirée pyjama, Inès a tout prévu.

Sauf les imprévus...

et Lucas dans :

Pour réussir un anniversaire, il faut :

1. Un gâteau et... quelques bougies.
2. Beaucoup d'invités.
3. Des tas de cadeaux.
4. Un flot de musique !

Inès, Maud et Lucas ont un mois pour organiser une fête surprise à leur père.

Le compte à rebours commence...

Retrouvez la collection

Rageot Romans

sur le site www.rageot.fr

Achevé d'imprimer en France en juillet 2011
sur les presses de l'imprimerie Maury
Dépôt légal : août 2011
N° d'édition : 5461 - 05
N° d'impression : 166644